歌集

道化師の午後

山田曜子

砂子屋書房

*目次

Ⅰ 物語

Ⅳ　夏

Ⅴ　秋

Ⅵ 病棟

Ⅶ　危惧

Ⅷ　日記のような

装本・倉本　修

歌集

道化師の午後

Ⅰ　物語

道化師の午後

あるはずのない風景が現れて夕暮れどきにひとは迷えり

夕暮れは魔術師そっとやって来てなんだか家に帰れなくなる

軽トラのたこ焼き売りは手際よく道具しまえり手品師のごと

夕暮れにボレロを聴けばいつだってなんだか恋をしてみたくなる

このところ穏やかな日が続いてるそのことだけが不安の種で

声出せば何かが壊れてしまいそうピエロはベンチでため息をつく

サーカスはつぎの町へと旅立てり一人のピエロを道に残して

白塗りの顔に涙をペイントし笑いつづける道化師の午後

腹話術師

昔から言いたいことが言えなくて譲二は腹話術師になりぬ

正面に映し出されるシンメトリー　譲二の顔が笑っておりぬ

剝き出しになった心が酸化する錆止め買いに街をさまよう

とりあえず応急処置をほどこそう胸のあたりが滲み出してる

なにげない言葉で心がロックされ譲二は言葉を思い出せない

気がつけばいつもの書店の一画で「心の病」と向き合っている

「もう少し自信を持てよ」ステージでジョージは彼に耳打ちをする

悲しい話

ふるさとはもう諦めた　大人より暗い目をした十二の少女
巻き戻ししたってきっと同じこと解けない魔法の中で言う君

日本の地図に新たに被災地という名の地名が定着をする

雨の日

とらわれの王女の気持ちになってみる雨の日少し好きかもしれぬ

雨の日の窓の下にはガヤガヤと雨宿りをする妖精がいる

道化師

道化師が六年ぶりに現れるどちらが行方不明だったの？

うつだった頃

思い出したくないのだろううつの冬　期間限定記憶喪失

むき出しになった心が揺れるので着地できない空中ブランコ

うつのとき死にたくなくて死にたくて呪文のごとく「死」が満ちていた

傘

身の上に何かが降っているのだろう星降る夜に傘をさす人

雪

雪の降る音がしたかもしれないね　ゼロからマイナス零になる時

II　ファインダーの中

林檎の皮

一日はスイッチオン・オフくりかえしうまく辻褄合わせておりぬ

ひらすらに林檎の皮を剝いているナイフが芯に当たって気付く

一本の長ネギこまかく刻みおり時計の針と競わんとして

おしよせるひと波みごとにわたくしを避けて電車にのみこまれゆく

ひとひとり埋めたところで目を覚ます昨夜のサターンの画面のつづき

ファインダーの中

異邦人のふりをしながら通り過ぐありふれた街をありふれた車で

峠越え登っているよで降りている騙されながら車走らす

三面鏡おんなじ顔が並ぶなかどれかひとつが裏切っている

主婦は見たその主婦もまた見られてるいわぬが花の二丁目あたり

母は今日「ちょっと旅行をしてくるわ」そんな顔して入院日和

あちこちと話がとんで会話旅いつになったら駅に着くやら

Ⅲ 春

桜

行くあてのない花びらがぐるぐると交差点から抜け出せずにいる

桜咲く公園ことに夜桜は祭りのごとし葬儀のごとし

病棟に君を残して帰る道しだれ桜に酔いそうになる

桜とう魔法にみんな酔いしれる　桜花咲く　桜花散る

Ⅳ

夏

六月

六月の欠伸《あくび》は異国の船までも引き連れ真昼　蜃気楼来る

六月の雲の向こうに空があるいまさらつくづく気付いておりぬ

夏

夏祭りいつかのビー玉見つからぬバックミラーに戻らぬ花火

光より音が遅れて来ることを改めて知る　花火大会

八月は大花火より始まりぬ虚も実も一夜海に還して

この夏でいちばん暑くなった日は夏が終わってはじめてわかる

割れた貝・小石・砂など散らばせて夏の思い出万華鏡となる

昼でなく夜でもなくて黄昏は海も空気も水飴みたい

手のひらに地球を乗せているごとくスマホ操る危うき真夏

飲みかけのグラスあちこち置き忘れあっという間の夏の憂うつ

うしろ髪引かれて九月になりにけりなにかを夏に残せたろうか？

海色のマドラー一本購いて夢など混ぜてみる七月の……

炭酸の気泡のように消えちゃった想い出たちのための夏の日

夏至

独りでは独り言とてままならぬ夏至の真昼に言葉放てど

時間だけ夜となりゆくまだ家に帰りたくない　夏至まで八日

六月の西日はいつも放課後の部活の匂いをさせて入り来る

八月

気がつけば八月七日少しだけ空が高くて風立ちぬ　朝

気がつけば八月八日となりにけり夏の終わりが始まりました

夏去りぬ夕刻の風はセルロイド思い出は後で顕われるもの

春と夏秋冬それにもう一つ夏の終わりという季節あり

特別に何かがあったわけじゃない二人で過ごしたそれが思い出
知らぬ間に季節は秋となりにけりピアニッシモで枝が揺れてる

V
秋

秋の伝言

秋深しいつからだろうわたしたち解けない魔法の夢を見ている

「もう秋ね」「もう十月ね」もうという枕詞があるかのごとし

ふと旅に出かけたくなり立ち寄りぬ壱番街の秋の帽子屋

旅人のふりして町に紛れればたちまち旅に出た気になりぬ

良いことも良くないことも過ぎにけり琥珀の中の記憶のごとく

昨日より明日が不幸じゃないことを願っておりぬ　少し髪切る

秋のファイル

天たかく競馬場まで馬はこぶトラックも馬も秋のただなか

家族みなにわか笑顔でしあわせなモデル・ルームの秋の一日

夕焼けに秋のパノラマあらわれる家路へとつく工場の町

ビブラートしながら銀杏の葉が舞いぬ秋の終わりのアリアのごとく

姿よりその名に惹かれ手に取りぬ葡萄の名前はロザリオ・ビアンコ

幸せと背中合わせの不幸せ風のマントが街を行き交う

Ⅵ 病棟

また明日

物言えぬ心を乗せて病院のエレベーターが上下している

各階にエレベーターの扉ありボタンを押せば箱がきたりぬ

雨上がり「虹が出たよ」と知らせれば「見たよ」と母からメールが届く

レシートや車のナンバーなどでも良いゾロ目を見るとなぜかうれしい

星占い今日は四位というのだが良いか悪いか微妙なところ

病室のベッドにいるひとその横で看ているひとに定休日はなく

各部屋にカレンダーあり月ごとに部屋ごとに旅を楽しんでいる

背負うには重すぎるほどの荷物ならすこし小分けにしてみませんか？

「また明日」お互いに声を掛け合いぬ病棟に残る人帰る人

ヘヴン

凍てついたガトー・ショコラのような夜一人ぼっちのドライブも好き

手に負えぬ言葉はすべて未送信メールの中に保存しておく

病棟の中庭の空を見上げればそこだけ四角いキャンバスとなる

土曜日の午後「ヘヴン」とう菓子店でガトー・ショコラを二つだけ買う

真青な空を見てると届かない願いがあってもいいかと思う

秋の構図

病棟は静もれる森どこからか「看護婦さーん」と呼ぶ声がする

磨かれてしんと静まるリノリウム　終の棲家じゃ冷たすぎるわ

しんとする日曜の午後西棟の老女がときおり迷い来たりぬ

午後三時近頃頭上にヘリコプターどこからだろう？　どこへ行くのか？

目の前に秋の構図が広がりぬ「遠い世界」と君は呟く

ささやかな事

雨の日も悪くはないわ今日はどの傘を開いて町に出ようか？

二日酔いになるほど酒が呑みたいとう野望を持つ夫病床四年目

やさしさがあなたの負担にならぬようときどき嫌な妻になるから

一日中拾い集めた言の葉を一枚一枚繋ぐ夜更けは

少しだけ町を離れてひと休み海の匂いに抱かれてみる

右分けか左分けかに手こずっておりぬいうこと聞かぬわが髪

A型がO型になったわけじゃないだけど近ごろ雑になりけり

不測の事態

人生はプラス・マイナスゼロになる　そんな法則嘘だったんだ

「不思議だなあ、夢のなかでは歩いてたのに」ぱっちり目を開け君は呟く

それぞれのベッドにそれぞれの人生があり五〇五号に西日が入る

スイッチをオンにできないままなのに明るい妻を演らねばならぬ

キミさん達

日曜日娘が来るとキミさんは耳が聞こえずしゃべれなくなる

チエさんは誰かれかまわず「ごめんね」と言ってるだぁれも責めてないのに

いつの日か来るのだろうか私にもキミさんの日々が　夏至まで十日

糖尿の山本さんは一日に一回ナースと喧嘩が日課

孤独なら楽しむ事もできるけど孤立はさみしい　みんないるのに

夕方になると何度もキミさんはナースを呼べり母呼ぶように

病棟

看護師の主任は美人であるがゆえ患者の妻に嫌われており

近づいてくるのかうしろむきなのか廊下のむこうのナースの影は

看護師のひとりひとりの足音を聞き分けられる二年もいれば

身障者とすれ違うとき人はみな善人となる入り口あたり

家族らが連休なのでやって来る病棟つかの間家族ごっこに

病室にいてもやっぱり日曜は日曜であり「笑点」は見る

Ⅶ 危惧

四月の孤独

だんだんと空が私に降りて来る蒲団のように不安のように

空を飛ぶ夢を見ました夢だけど願えばかなう夢と思いき

忘れ物したのにはきっとわけがある脳が少しカラカラと鳴る

ゆきあたりばったりばかりの言の葉を寄せ集めてはまた散らかしぬ

一日はあっという間に過ぎにけり今朝見た夢をまだ覚えてる

おおいなる現実逃避と呼びたくもなる生きることその事こそが

否定でも肯定でもなくわからないときは静かに受け入れるべし

「明日こそ」呪文のように言っている　明日こそ呪文がとけますように

昨夜また見たくない夢あらわれし心の底に沈む毒薬

蛇口からしたたり落ちる音聞きて眠りに入る四月の孤独

じわじわとⅠ

わからないことがなんだかわからないことが多くて日々が過ぎ行く

ローソンの斉藤さんとの距離感がほど良い今日も「行ってきまーす」

逆回りしているような針の音軍靴の音も交ざっておりぬ

昨日より今日だんだんと日本がわれより離れて行くなさけなさ

お話は「めでたし……」という終わり方その後のことは誰も知らない

知らぬ間に一週間が過ぎにけり雪崩るように成り立つ法案

攻撃は身を守る術？　見開いた眼の奥に潜む危うさ

地球儀を買う

己が立つ場所をしっかり踏みしめているんだろうか　地球儀を買う

地球儀をくるくる回して見ておりぬ逆さになっても日本は日本

戦争を知らない大人ばっかりになってしまえば平和だろうか？

「ここだけの話」があまりに多すぎてどこかへ捨てに行かねばならぬ

間違いは七個あります。昨日とは国の仕組みが変わっています。

新しい鏡を一つ買いました。昨日と同じ顔を映して

「九条を守りましょう」の宣伝車をRV車が軽く追い越す

地球儀に数多の線や色分けがなければ青い一つの惑星

不安

部屋の中ぐるぐる歩いているうちに綿菓子みたいなわたしになりぬ

「キレてます」「切れています」を読み違え雑踏の街にナイフ行き交う

探知機が「キケン、キケン」と叫んでる　近づくべきではないのだけれど

怪盗のアドバルーンのような月　月も地球も偽物みたい

おとなしく目立たずとくに悪いことしそうに見えないA′たち

おとといも昨日も何とか留まりぬ真面目な人のボーダーライン

心には闇とう場所があるらしいわたしはわたしの闇が見えない

軽トラのたこ焼き売りの山ちゃんが見えなくなって六ヶ月経つ

夢を見る

どうしても駅まで着けない夢を見る目を覚ましたらくたくたである

森の熊さん

歩いてたただそれだけで殺られちゃう今度は熊に生まれませんよう

危険です！　今日は外出ひかえましょう「麓に人間出没注意！」

平和について

真夜中にせっかく目覚めたのだから世界の平和をかんがえてみる

日曜に窓から朝日が差し込めばすべて平和と錯覚をせり

「我が国」の安全保障は「私」の平和とは違う　夏便り来る

「我が国」と聞けば聞くほど「わが国」が遠くなりゆく　夏便り来る

二百年くらい経ったら二百年前はどういう時代なんだか

じわじわとⅡ

しゃっくりがいつの間にやら止まってるごとく暮らしの色が変わりぬ

戦争の後方支援をする前にかの地の復興支援はいいの？

「パンがない？　だったらケーキを食べればいい」パンがいくらか知らないくせに

ＮＨＫばっかり見てると騙されそう暗い時代にいるんだろうか？

「武器輸出見直し」「秘密保護法」等この辺からか怪しくなったの

国境のボーダーラインがずれていく一隻の船沈みはじめる

「秘密だよ」それからずいぶん経った時浦島太郎は絶望をせり

密かにとう言葉に過敏になるあまり二丁目あたりも不穏となりて

責任という言葉が死語にならんとす「ある」けど「とらない」ならばいらない

怖いのは驚かぬこと今見てる映像にわたし慣れてきている

「はい」「いいえ」「どちらでもない」「わからない」答えの出ない玉虫列島

回れ右右向け右を繰り返すうしろの正面わからぬように

滅びつつあるのだろうな人類は「昔、昔……」のいまどのあたり？

乗るときは簡単だけど降りるのはむずかしい船　私乗らない

片側に三分の二が乗り込んだ船など乗らないわたし怖くて
三猿のうしろに知ら猿つづきおり平和平和とのたまいながら

Ⅷ　日記のような

日記

お日柄も人柄も良くつつがなく十月四日大安吉日

お向かいの洗濯物を一週間見てないこのごろ不安だらけだ

生協とゲオに行ったらそれだけで三十分ああ時間が足りぬ

こんな日もあるさと開き直るしかない最低の十月八日

ごめんねと謝りすぎて喧嘩した十月十日晴れのち曇り

去年の今日おととしの今日日めくればわたしと違うわたしがおりぬ

日記にも書けないことが今のとこないということ　少し寂しい

昼下がり

昼下がりうたた寝してたというだけの不在証明テレビが見ている

行き先を決めずに土曜の昼下がり着いたところを目的地として

月曜の午後に一人で西埠頭外国船を見るためだけに

星占い

占いや運勢などを信じてる蟹座A型不運なわたし

良いことが何もなかった一日の終わりにゾロ目の車に会いぬ

何か良いことがあるという運勢そのことだけが良いということ

家族

なんとなくいると余るしなきゃ足りぬナゾナゾみたい家族ってやつ

メールだと波風立たぬ母娘だがメールだけだと腹八分目

家中が不協和音で振動す肉親という病のせいで

猫のカレンダー

一月ののらの写真のカレンダー「うにゃー」と伸びをしたままである

如月ののらの写真のカレンダーすりこぎ棒を枕に寝てる

三月の猫の写真のカレンダーのら三匹の揃い踏みなり

一月の猫の写真のカレンダーにんまり顔ににんまりとなる

猫

ご近所の飼い猫「クロ」との距離感は三メートルがほど良いらしい

ローソンの外で「にゃーん」と鳴いている二月の猫は反則である

貸し店舗前の親子ののらたちをこのごろ見ない小さな不安

お向かいのニャン太はこのごろ反抗期みたい呼んでも無視して通る

お向かいのニャン太はわたしと目が合うと「なでろ」と言ってひっくり返りぬ

テレビジョン

十九時のニュースを伝える武田さんときどき眉間に正義が見える
チャンネルを変えても変えても金太郎飴とおんなじ　スイッチを切る

なんとなく健康になったようになる週に一度の「ためしてガッテン」

テレビをば消したる後のさまざまな音、テレビより雑音である

ゲームとは言えど戦のＣＭがメディアの隙間を覆いつくせり

Ａ・ＣのＣＭ作っている人も腹が立つことあるんだろうな

ダ・ダ・ダ・ダ・ダ　テレビのなかでの銃撃戦とっさに身体をよけてしまいぬ

今日もまたミヤネ屋見ており芸能も政治もトーンが同じでありぬ

母のこと

旅先の母から何度もメール来る修学旅行の子供のように

物忘れ耳遠きことなど身につけて母は悠々前を歩きぬ

お世辞にもお上手ねとは言えないが母の十八番は「花街の母」

はじめての遠足のごとはしゃいでる三泊四日の母の東京

かみ合わぬ会話もときには楽しかり小春日和に母とドライブ

こちらから電話をしてもまず己が話しはじめる母八十五歳

ユトリロもモネもゴッホもシャガールも母の花の絵にはかなわない

ぱっくりと割れたあかぎれたとえばそう、そういうとこだけ母に似ている

母は母わたしはわたしを貫きて静もる海にけあらしの立つ

嘘

嘘をつくその嘘のため嘘をつくそもそも何のためだったろう

柔らかい雨ののちにはささやかな嘘を告げよう　七月七日

エイプリル・フールにひとつの嘘をつく何がホントか試すがごとく

待つ

世の中は二通りの人に分けられる待たせる人とずっと待つ人

待つよりも待たせることがつらいって誰かが言ってた　そうかもしれぬ

待つことも待たせることも忘れたい立秋の午後うたた寝をする

本のこと

本を読む前に読むとう本があるこの世はとても親切である

本屋には本の匂いが満ちているたっぷり匂いをつけて帰りぬ

「のほほん」という題名の本にしようわたしが本をもしも出すなら

注文をしていた本を取りに行く本屋の野崎さんに会うため

冬

早朝の水溜まりの水凍てついてカラスが足を滑らせている

ミステリー

見たことのない鍵が机の抽斗に　事件にかかわるものかもしれぬ

真夜中の時計も息抜きしてるらし十五分ほど時刻がちがう

忘れないためにテープを指に捲く何を忘れぬためだったろう

やさしい日々

「ま、いいか」が口癖となり過ぎる日々過去があっての今日ということ

テレビから貞子が出て来ることもなく今日も無難に終わりけるかな

今日あったちょっと良いこと生協の谷さんの指に顔が描いてた

ＣＤの中古ワゴンに百円の値をつけられてるわが青春が

「どれだけの苦労をわたしはしてきたか……」不幸自慢が好きね女は

留守の間に回覧板がほんのりと苺の香りを置いてくれてる

十月の三日となりぬとくべつに何かの日ではない暖かさ

思い出は遠い日々ほど鮮明になるいいじゃないの歳をとること

お気に入りって言ってはみたけどケーキ屋の名前はどこも覚えにくいわ

病む人も看る人もまた昨日とはちがう水面を見ている岸辺

庶民の暮らし

ポイントが10倍だとか5％割引きだとか日々の暮らしは
貯まるのはポイントカードのポイントと誰にも言えない吐けない弱音

今週がデジャヴのようにはじまりぬまた翌週のデジャヴのために

シグナル

信号が青ばかりの日それはそれとして何かが腑に落ちずにいる

シグナルが赤にかわりぬ一日は天気予報もはずれっぱなし

信号が赤にかわりぬこのことが吉と出るのか凶となるのか

師走

あとひとつ眠れば大晦日となるおおきな不安までの一日

捨てるもの捨てがたきものを荷づくりて記憶の海にはこぶ年の瀬

ゆく年の終わりにひとりを見送りて静かな静かな除夜の鐘の音

厨房にて

賞味期限すこし過ぎたというだけで「さよなら卵」今日も飽食

ドア閉めるひとの足音遠ざかり冷蔵庫のなか会議室となる

存在について

ランダムに辞書を開いて目にとまる言葉がわたしに近寄って来る

無機質なオブジェの群れのなかにいるわたしの所在も飾られている

何にでも返事しなけりゃならなくてウソ発見器にも「イイエ」と言えず

真夜中にビリー・ジョエルを聴きながらルート5号でわたしにもどる

逃げ水を追いかけながら運転す危ない危ないわたくしは　ここ

未明という不確かな時刻　にんげんは孤独であることあらためて知る

ひとだけが思うのだろうか？　犬・猫が幸せだったかそうじゃないかを

介護生活

気をつかい気をつかわれて一日が終わりぬどちらも悪くないまま

気がつけば鼻歌ばっかり歌ってるなにかよいことあったみたいに

とりとめのない話ばかり聞いている　いまのところは聞き役である

ヘルパーが帰るとたちまち沈黙す夫婦を演じた役者のごとく

どちらかが饒舌ならばどちらかが無口になりぬ一日置きに

受動という生きかたがあるひとりでは何もできないきみの処しかた

一日中「おーい、おーい」と呼ばれてるテレビの声にも「はーい」と言えり

口癖が「ちょっと待って」になりにけり待たせているのだほぼ一日中

「チャンネルを変えてください」このところ夫に敬語を使わせている

コレクター

花なんか飾るつもりもないくせに街に出るたび花瓶を買いぬ

空っぽの花瓶を満たしてあげるためそれだけのための薔薇百万本

思春期の少女のような花瓶には花など何も飾らずにおく

靴箱の上のボヘミア花瓶には靴べらを入れるわたしの流儀

リポビタンDのあきびん捨てられず薔薇いっぽん差す私の流儀

ひとつとて無駄な花瓶はありません　ひとつひとつの声が聞こえる

いつの日か家中の花器に花々を飾れるだろうか　外はどしゃぶり

あとがき

短歌を始めたのは二十七歳ぐらいの頃です。

母達、女性ばかりの短歌会に軽い気持ちで参加したのがきっかけです。

以来三十三年間、その折々の心模様を短歌で表現してきました。今回、本にのせた歌は二〇〇八年から二〇一六年四月までのものです。

短歌をつくることは写真を撮ることと似ているとこの頃おもいます。

撮りたい被写体または撮りたくなった被写体があって、いいタイミングでシャッターを押す。自分の琴線に触れた何かを表現する手段であるということに、共通点があるとおもいます。

今わたしは、仕事中の事故で重度の障害を負った夫を、沢山の方の助けを借りながら自宅介護しています。

今置かれた状況の中で、これからもわたし自身が持っているファインダーを通して歌をつくっていこうと思っています。

最後に、星雅夫先生はじめ「潮短歌会」の皆様、いつもあたたかく励ましてくださりありがとうございます。

そして、わたしの拙い歌達を歌集にするべくお骨折りくださいました砂子屋書房田村雅之様に心より感謝申し上げます。

二〇一六年八月二日

山田曜子

著者略歴

一九五六年　北海道生まれ
　　　　　　函館白百合学園高等学校卒業
　　　　　　北星学園大学卒業
一九八三年　短歌同人誌「胡沙笛」入会
二〇〇八年　新墾の機関誌「潮」入会

歌集　道化師の午後

二〇一六年一〇月一五日初版発行

著　者　山田曜子
北海道北斗市谷好三丁目二一―三一（〒〇四九―〇一四一）

発行者　田村雅之
発行所　砂子屋書房
東京都千代田区内神田三―四―七（〒一〇一―〇〇四七）
電話　〇三―三二五六―四七〇八　振替　〇〇一三〇―二―九七六三一
URL　http://www.sunagoya.com

組　版　はあどわあく
印　刷　長野印刷商工株式会社
製　本　渋谷文泉閣